글벗시선111 첫 번째 시집

이름 없는
들꽃은 없다

글·그림 계 숙 희

도서출판 글벗

이름 없는 들꽃은 없다

계숙희 시집

나약함을 통하여

 나에게 왜 암에 걸렸냐고 묻는 사람들이 있다. 너는 교회도 열심히 다니고 사회복지사로 좋은 일도 하는 사람인데 왜 암에 걸렸는가? 라고 묻는 사람들이 있다. 이때 나는 그들에게 이렇게 묻는다.

 소낙비가 옵니다. 우산을 준비하지 않고 외출했습니다. 이때 교회를 다니는 사람은 피해서 비가 옵니까? 비가 오면 우산을 준비하지 못한 사람은 누구나 그 비를 맞지요.

 그렇습니다. 소낙비처럼 다가오는 질병은 비 오는 날 우산을 준비하지 못한 것과 같은 것입니다.

 하나님을 원망해 보지 않았는가? 분노하고 슬퍼하지 않았는가? 우울하지 않는가? 라고 묻는다. 나는 "아니요."라고 대답한다. 수술하고 항암을 하는 동안 그 통증은 말할 수 없이 고통스럽다. 고통 속에서 나는 이렇게 기도한 적이 있다. "차라리 죽는다면 이 고통을 모를 텐데"

 그것은 원망의 기도가 아니라 고통에 대한 신음이었다. 지금도 재발한다면 연명치료를 거부한다. 그래도 감사한 것은 그런 침체된 고통 속에 있을 때 가족이 곁에서 극진히 간병해 주었다. 많은 환우들의 가족이 그러하듯이 내 곁에 아들들이 있어서 나의 고통의 시간을 같이 견디어 주었다. 아들들 앞에서 엄마의 마음은 고통으로 인한 불평을 하지 않는 것이었다. 그것은 그분께서 주시는 평안의 마음으로 이겨낼 수 있었다. 그 평안은 사람의 힘과 노력으로 되는 것이 아니었다. 늘 흔들림 없는 평안은 그분이 내게 주신 은총의 시간이었다.

6번의 전신 마취와 수술은 사람의 힘으로써 견디어 내기 어려운 일이다. 지금도 약물치료를 받고 간혹 통증으로 아픔의 시간이 있다. 그래도 통증의 시간보다 통증 없는 시간이 더 많다는 것에 감사한다.

질병으로 인한 나의 나약함으로 인해 글과 그림의 재능을 발견하게 되었고 이렇게 글을 써서 표현하면서 나는 나의 고통의 순간들을 잘 통과해 온 나의 시간을 통해 지금도 고통받는 환우들에게 용기를 주고 싶다. 사람마다 다 다르겠지만 고통의 존재와 씨름하며 살기엔 인생이 너무 짧다는 것이다. 긍정의 마음으로 잘 이겨 나갔으면 좋겠다. 나는 그래서 고통의 글보다 부정의 글보다 희망적이고 일상에서 느끼는 작은 감동이라도 나누고 싶다.

내가 글을 쓰는 이유. 나의 재능으로 또 다른 누군가에게 도움이 된다면 기꺼이 나의 내면의 모든 것을 다 드러내도 상관없다. 나의 나약함도 들어 쓰시는 하나님께 감사함으로 글을 쓴다.

2020년 9월

계 숙 희 드림

차 례

■ **머리글** 나약함을 통하여 · 5

제1부 봄

제2부 여름

제3부 가을

제4부 겨울

제5부 마음 챙김

제1부

봄

목련(1)

옆집 할머니
목련꽃 필 때면 바람이 분단다
바람이 부는 걸 보니
목련이 필 때가 됐나 보다

순백의 목련이
그 화려한 자태에도 불구하고
짧은 시간 빛나게 피었다가
바람과 함께 지고 마는 것은

그 도도함을 시기한 바람 때문일까?
그리운 이 맨발 벗고 마중 나감일까?

아마도 봄은 그렇게
소식을 전하고 훌쩍 떠나려나 보다

목련(2)

봄바람에 자색 옷과
순백의 하얀 드레스를 입고
월담을 하더니 백옥 같은
이를 드러내고 사알짝 웃네

교태스러운 듯 우아한 듯
하늘거리는 실루엣
네 모습에 아찔한 현기증
허름한 담장도 만개한 네 자태에
멋스러운 수채화 그림이 그려졌네

앙칼진 꽃샘바람에
힘없이 고개 떨구고
흐드러진 낙화를 보며
커피가 생각남은

인생을 보는 것 같아
동질감 때문일 거야

영춘화

시냇물 소리가 경쾌하게
바람 소리가 따사롭게
나지막이 피어나는 노랑이들

나는…
어디로 갈지를 몰라 서성이네
시냇물 소리
바람결
노랑 옷을 입은 너
영춘화야

봄은 그렇게 내게로 왔다

봄

노랑과 분홍이 봄빛이라면
초록이 삐질까요?
연초록빛이 찰나에 지나가
아쉬움을 만드는 것

남한강변 수양버들
봄빛이 오르면
봄바람에 머리를 풀고
살랑살랑 춤을 춰요

강 건너 복숭아밭에도
봄바람이 났어요

프리지아(1)

프리지아 봄 빛깔이 참 좋습니다
하루 종일 눈맞춤하여도
지루하지 않을 것 같습니다

웃는 얼굴이 역시 아름답습니다
향기로움까지 더하니
정녕 겨울을 밀치고 봄이 올 만합니다

마카롱과 함께 모카커피 한 잔
창가에 놓아두면
더없이 행복하겠습니다

프리지아 (2)

봄맞이하려고 대청소를 하고
겨우내 닫혀 있던 창문도 활짝 열고

마음의 문도 열어 놓고
차탁에는
하얀 프리지아가 차향과 어우러지고

노란빛 프리지아를 화병에 담아
딸아이
방에 놓아두면 피아노와 어우러지고

보랏빛 프리지아는 조곤조곤 이야기하는
저녁 식탁에
어우러지고

프리지아의 순결하고 깨끗한 향기는
봄의 향연에 참 잘 어울린다.

프리지아(3)

너를 만나러 화원으로 향하는
내 발걸음이 발랄하고
자전거에 탄 네 모습에
빙그레 미소가 번짐은

아마도 내가 너의
노랑 옷에 반했거나
아니면 스침으로 향내가
상큼함에 반했거나

오늘은 너를
우리 집으로 초대하고
커피 향이 진한 테라스에서
온종일 눈맞춤 할까?

그러면 나도 너처럼
순진한 마음으로 돌아갈 테지

벼룩나물

덩굴 속에 가려져
널 만나기 어려웠어

작고 앙증맞은 넌
나와 눈 맞춤할 때마다

열 개의 꽃잎을 열어
환한 미소와 향기로운 풋 냄새를 풍기고

조롱조롱 작은 바람에도 나부끼는
너의 존재만으로도 *기쁜 소식이야

* 꽃말 : 기쁜 소식

꽃마리

달려가는 인생
뛰어가다 보니 보이지 않던 것들이
멈추어 보니 보이는군요
멈추고 쪼그리고 앉아 보니
드디어 보입니다

깨알같이 작아 핸드폰을 들고
확대해 보니 어찌 그리 예쁜지요
잡초라고 쉽게 뽑아내고 짓밟고
이름도 알려고 하지 않았죠

어느 날 문득 만난 너
너무 예쁜 자태에 미안했더랬습니다
이젠 움직일 줄 아는
내가 살살 피해 줄게요

변산 바람꽃

삼천리 반도 곳곳에
작은 반도가 있다
그중에 변산반도엔
귀한 네가 살고 있어
많은 작가들의 선망

네가 곱게 나타날 즈음
카메라를 챙기고
바람막이를 단단히 여미고
널 찾아 떠난다

네 고결하고 아리따운
모습에 매료되어
해마다 발걸음하고
고혹한 자태를 만나는 기쁨
너를 알현하고자
새벽길을 재촉한다

* 꽃말 : 덧없는 사랑

민들레 홀씨 되어

바람 불어 좋은 날
바람 타고 가면
당신 곁으로 갈 수 있을까

부푼 꿈을 안고
바람에 내 몸을 맡기고
당신 품에 안착하고 싶어

바람이 데려간 곳이 때론
돌 틈 사이로
또 다른 바람은
블럭 사잇길로
양지바른 보드라운 흙 위로

나는 오직
그대 품으로만 날아가고파
이소하는 나의 날갯짓이
당신 맘에 꼭 맞았으면 좋겠네

튤립(1)

바다가 부르더냐
바람이 부르더냐
발길 닿는 곳마다
나의 맘을 흔들어 유혹하는데

유혹당하지 않으려
고개를 돌려봐도
아하
어느새 가재미 눈을 하고
네게 머물러 있네

알았어
고백할게
너 참 예쁘다
태안 튤립 축제 한마당

튤립 (2)

뎅그렁뎅그렁
교회 종소리를 들으면
눈물이 저절로 난다

새벽기도
엄마의 기도 소리
때문인가 보다

엄마의 간절한 소망
온 가족 모여
예배드리는 날

엄마의 소망이
이루어졌는데
엄마만 없네

교회 종들이 공원 가득한데
종소리는 들리지 않고
종들이 하늘만 바라보네

봉선화 텃밭 학교(1)

곤지암
신촌리에
봉선화 텃밭 학교

한 뙈기 노인회가
한 뙈기 부녀회가

봉선화
모종 심는 날
동네방네 모였네

할미꽃

"니 배는 자루 배
할매 손은 약손
살살 내리라
개미허리 짤라 꿍"

배가 아플 때마다
꺼칠꺼칠한 손바닥으로
배를 썩썩 문지르며
나지막이 노래를 불러줍니다

할머니 약손에
나는 어느새 잠이 들고
한숨 자고 일어났더니
고왔던 할머니는 어딜 가시고
머리 하얗게 풀어헤친
할미꽃밭이네

앵초

4월이면
어김없이
울어 대는 꾀꼬리
짝짓기 계절

임 찾아 날아든
수컷의 날갯짓
암컷은 부끄러워
얼굴 붉히고
움막을 지키던
바람도 향기를 내고

꾀꼬리 정사
남몰래
훔쳐본 것이 부끄러워
분홍빛 꽃잎
파르르 떤다

첫사랑은
어린 날의 슬픔 사랑을 알 때쯤
성인식 케이크가 달달함을 느낀다

양지꽃

양지말
양지쪽 틈새마다
다닥다닥
노오란
웃음소리가 난다

햇살이 눈 부셔
한쪽 눈을 찡긋거리며
헤실헤실 웃다가
노랑나비 노랑 꽃잎
춤사위로 입 맞추고

양지말
양지꽃이
노랑나비와 혼인을 하고
초야를 치르리라
이 봄이 가기 전에

얼레지꽃

숲속 요조숙녀에게
바람이 다가와 속삭임으로
마음이 살랑살랑
기분이 야릇해

눈 맞춤에 부끄러워
꽃잎을 오므려 다리를 꼬고
조금만 더 가까이 다가오면
터질 듯한 심장 소리
들킬까 봐
눈만 깜빡거리는데

누가 보았을까
어찌 알았을까
얼레리 꼴레리
바람났다고
소문부터 났네

민들레

네가 버스를 타는 순간
나는 심장이 멎는 줄 알았어
너의 하얀 이가 드러나게 웃을 때마다
내 가슴은 울렁거렸지

이미 우리 마을을 지나고
너를 따라 버스에서 내리고
너의 옆을 일부러 따라 걸었어
내 마음을 어떻게 전할까
무슨 말을 해야 하나
고민하며 걷는데
벌써 너의 집 앞이야

말 한마디 건네지 못하고
너는 나의 마음도 모른채
대문을 쾅 닫고 들어가 버렸네
난 오늘부터
너의 집 문지기가 될 테야
네가 나를 바라봐 줄 때까지
노란 미소를 지으며 말이야

노루귀

나를 찾으세요?
앞만 보지 마세요
아래도 바라보세요

나를 보려거든
무릎도 꿇고 살며시 바라보세요

나를 보려거든
당신을 낮추어야 볼 수 있어요

나를 보려거든
겸손을 먼저 배우셔야 해요

당신과 눈이 마주치면
난 부끄러울 거예요

그래도 나와 눈 맞춤해 준다면
예쁘게 윙크해 드릴게요

진달래와 철쭉

연분홍 치마를 입고
추운 겨울을 달려온 진달래
너의 나풀거림은
심쿵
봄이 온다는 소식이지

진달래 피었다 지나간 자리
진분홍으로 온 산을 붉게 물드는
철쭉꽃 피면 짧은 봄날의
약간의 섭섭함을
너의 화사함으로 채우고
남은 찬바람도 미온의 다정함으로 너를 반긴다

소백산 천문대를 지나고
비로봉 연화봉을 잇는 길목
살아서 천년 죽어서도 천년을 지키는 주목 단지
해마다 철쭉제 간다 간다 벼르다 올해도
먼 산 고향하늘만 바라보네

백화등

바람개비는 바람을 좋아해요
산들바람도 좋구요
강한 바람은 더더욱 좋아해요

바람 불어 좋은 날
바람개비는 뱅글뱅글 춤을 추어요
신나게 바람과 손을 잡고 왈츠를 춥니다
얼마나 춤을 추었는지 어지러워요
잠시 바람에게 쉬었다 하자 그랬어요
바람이 멈추면 바람개비는
색 색깔 고운 빛으로 또 다른 풍미를 풍기죠

길가에서 산에서 예쁜 화원에서
나는 바람개비를 닮은 백화등
나도 바람개비 따라 뱅글뱅글
왈츠를 추어보고 싶어요

엉겅퀴

거친 세상에서 살아남으려고
악다구니하며 억세게 살아남았더니
고운 손 여린 미소는 주름 속에 가려지고
가시 돋친 한마디 가슴에 생채기를 낸다

엉겅퀴 같은 여편네라고 질책받을 땐
나도
좋은 사람 좋은 환경에서 살았다면
이렇게 되진 않았다고 항변하는
옆집 여인의 앙칼진 넋두리

엉겅퀴같이 사납다더니
다소곳이 몽글몽글 피어나는
자주 빛깔 꽃
가시가 있어 초식동물로부터 보호막을 치고
수분 증발을 막아 생존전략에 강하다

사람이 거칠어짐은 내면이 약함으로
자기보호 본능으로 일어난다
이해와 배려로 존중받는다면
엉겅퀴 가시보다 더
예쁜 꽃봉오리처럼 피어났겠지

양귀비꽃

길가에 하늘거리는
가는 외다리에 커다란
너울거리는 붉은 치마
그 빛 고혹함에 가던 길 멈추고

가만히 들여다보니
수줍어 고개 숙인
솜털 보송보송한 꽃망울
수줍은 열일곱 살 소녀 얼굴 비치네
붉은 치마폭으로 감싸고
그 빛이 너무 강렬함이었나
하루살이 피었다 지고 마는 꽃
단명한 양귀비의 비애를 닮았다

중년의 솔로 여인
그 빛 따라 가다
뜨거운 사랑에 데이고 말았네

장미

목행동 베드로 성당 담장
하나님 사랑 이웃 사랑
삼위일체 사랑 빨간 장미꽃

격동의 세월 비운의 왕비
베르사이유 마리 앙투와네트
다 피워보지도 못하고 낙화한 흑장미꽃

백만 송이 장미와
세레나데를 부르는 청년은
백발이 되도록 사랑을 맹세하고
사이길 조잘대는 풋사랑의 수줍음으로
물드는 연분홍 장미꽃

야카시야 꽃

오월에는 언제나
아까시의 계절이라 생각했다
하양 아까시 잎을 따다
첫사랑 이루어질까 점도 치고
머리카락도 돌돌 말아 펌도 하고
아까시 꽃 따다 튀김도 해 먹는다

아까시는 하양만 있는 줄 알았는데
빨강 아까시가 있다기에
신기하게 찾아가 만났지
빨강 아까시도 별난데
노랑 아까시라니

아, 세상 참
이렇게 모르는 게 많아
알면 알아 갈수록 신기하네

살갈퀴 꽃

가늘고 길게 뻗어라
손끝에 잡힌 것이 무엇일까?
휘어 감고 자세히 보면
길가에 같이 자란 잡초들이다

길게 뻗친 마디마다 홍자색 꽃을 피우고
어디든 흔하다고 이름도 없는 들풀인 줄만 알았더니
나물로 약재로 귀하게 알아주는
너의 효용 가치를 허준 의원은 알았을 테지

명의가 발견하면 특효약으로 사용되지만
나는 그저 들꽃을 좋아하는 꽃순이라네

인동덩굴

강한 것은 아름답지 않다고
말할 수 없습니다.
척박한 곳에서도 강한 번식력과
계절이 바뀌고 서리가 내려도
쉽게 굴복하지 않고 넝쿨을 뻗고
꽃을 피워 냅니다

레드 핑크 인동초 색감은
봄을 맞이하는 여인의 옷에서
어울림을 잘하는 인동넝쿨은
때로는 노랑 인동넝쿨과도 잘 어울립니다

쌍쌍이 우아한 색과 자태를 뽐내면서
쉽게 자라지만
인동넝쿨이 견디는 힘은
또 다른 깊은 생명의 경이로움입니다

창포꽃

오월은
꼭 신부에게 잘 어울리는 달
일생에 가장 아름다운 날

두근거리는 설렘이
보고 있어도 그리움이
사랑한다는 말로는 다 할 수 없어서
나는 너의 신부가 되고
너는 나의 신랑이 되고
백만 송이 꽃으로
백 년 사랑을 약속하네

노랑 빛으로
청보라 빛으로 옷을 입고
배시시 웃는 신부
네 곁엔 언제나
찰랑찰랑거리는 잔물결의 신랑
오월의 향기가 진해지는 것은
당신들의 사랑이 깊어서 일 거야

붓꽃

연못가에서 하루 종일 기다려도
그대를 못 만날 까닭을 찾지 못하고
서성거리다 한 줄기 빗방울에
파르르 떨며 몸을 내맡기니

때론 그저
무심히 있어 보는 것도 필요하고
고래고래 소리쳐 불러 보는 것도 필요한데
오늘은 비도 오고 낮잠이나 자야겠다.
때가 되면 만나게 되겠지

은방울꽃

방울 소리 요란한
저 집에는
뭐가 그리 좋은지
호호 깔깔
웃음소리 그치질 않네

조롱조롱
매달린 은방울꽃
우리 집 육남매 같다

금낭화

학교 방과 후
책가방을 모래 위에 던져 놓고

매달리기도 하고
타고 오르기도 하고
물구나무서기도 하고
친구들과 내기를 하자
누가 제일 오래도록 매달려 있을까?

대롱대롱
매달려 서로 눈치 보다가
힘이 빠지는 팔을
다리를 휘저으며
버티려 안간힘을 쓴다

장독대 옆 금낭화
올망졸망 복주머니 달고
내 어린 날 철봉에
매달린 친구들 같다

고광나무 꽃

사과 꽃을 닮은 듯도 하고
딸기 꽃을 닮은 듯도 하고
낭창거리는 꽃잎 사이로
매화꽃이 보인다

순백의 색깔 치마가 잘 어울리는
고광나무 꽃
너의 품격 있는 자태와 향기가
봄날의 여유와 쉼이
아메리카노 커피와 더 잘 어울리네

딸기꽃

네 모습을 감추고
새벽이슬에
하얗게 피어오르면
바람도 네 곁에서는 멈추고

날수를 세어
변하는 네 모습에
또다시 내 마음이 빼앗겨
쪼그리고 앉아
너와의 대화를 시도한다

네 얼굴이 빠알갛게 달아오르고
하얀 점들이 곰보처럼 다닥다닥한데
그래서 더 매력적이야
하트처럼 생긴 넌
내 심장을 닮았네

아카시아

동산 위의 교회
가는 길
아카시아 꽃이 활짝 폈다

아카시아 꽃 이파리 따다
그대 오는 길목
고이 뿌려 둘 테니
향기 따라 오세요

아카시아 필 때면

시골 학교 교정
오월의 아카시아 향기는
아름다운 청춘들의 사랑 이야기

점심시간 돌계단마다
검은 교복 하얀 칼라 여학생들
갈래머리 풀어 돌돌돌 말아
성년이 된 언니 흉내도 내고

검은 교복 삐딱한 모자
변성기 지나 *에법 굵은 베이스
시를 읊는 남학생과 그 옆에
나지막이 팝송을 부르는 친구

교정에서
시 한 편과 팝송은
남학생 여학생들의

떨림과 두근거림의 고백
로망스 기타 선율에
아카시아 향이 더욱 진해진다

* 에법 : 경상도 방언. 제법

쇠별꽃

오월의 흐린 날 아침에는
게으름을 피워도 될 것 같아
귀차니즘으로 하품도 길게 한다

기지개 곱게 켜고 아침 산책길
바쁘게 오고 가던 사람들의 행렬도 뜸하다
바쁘게 뛰어야만
인생이 보람 있는 삶이 되는 줄 알았다

코로나19 판데믹이 세계의 시계를 멈추고
사람들의 일상을 멈추고 나니
지구가 숨 쉴 수 없이 떠다니던 미세먼지들도
봄바람의 황사도
가물거리던 먼 산도 선명한 능선을 보인다

미명의 아침 산책길
어여쁘게 열 꽃잎 활짝 열고

배시시 웃는 작은 쇠별꽃과 마주쳤다
꼭꼭 숨어 있어 술래도 못 찾고
그동안 마음 바쁜 나도 몰랐다

이젠 느긋한 걸음에서 마주하는
네가 소소하게 참 좋다

이팝나무꽃

누가 뿌려 놓았을까?
쌀 튀밥을 하얗게 뿌려 놓았네
한 주먹 털어놓고
꼭꼭 씹어 먹자

하얀 쌀밥 귀하던 시절도 있었다는데
밥 먹기 싫어서 아침마다
엄마랑 실랑이하다가
*얼집 등원차를 탄다
남은 밥은 언제나 엄마 차지다
엄마가 다이어트가 어려운 이유다

아파트 화단에 이팝나무
하얗게 피었다
쌀밥도 하얗게 피었다
아기도 하얗게 웃고
엄마도 따라 하얗게 웃는다

* 얼집 : 어린이집 신조어

카네이션

종이로 어설프게 접고
부모님 은혜 감사합니다
삐뚤삐뚤 손 글씨 편지 한 장
멋쩍은 듯 내미는 어버이날
고사리손 아들

나는 시아버지 앞에서
꽃 달기가 부끄러워
거울에 붙여 두었다

카네이션도
세월 따라 변하는구나
종이꽃에서 조화로
생화 코사지로
꽃바구니로 변하더니
카네이션 브로치
이젠 일 년 내 달아도 되겠다

나도 이젠 가슴에 카네이션을 달고 다닌다
시아버지는 천국 가시고
예쁜 며느리가 생겼으니까

제2부

여름

아이리스(붓꽃)

새참을 머리에 이고
잰걸음으로 논두렁 길을 가다

배시시 웃는 네 모습에
쿵쾅
가슴이 두근거림을
아는지 모르는지
바람결에 살랑살랑 춤춘다

아버지는 고수레하시며
새참에 소주 한잔 드시기 전에
자연신께 인사를 먼저 하신다

돌아오는 논두렁 길
여유로운 발걸음을 다시 멈추고
네 모습이 아름다워
우리 집 수돗가에 모시고
모종 살이 잘되라고 기도한다

아네모네

때아닌 꽃샘추위가 닥쳐
여기저기 움트던 새싹들도 놀라고
어여쁘게 단장하던 봄꽃들도 파르르 떤다

강바람에 가녀린 몸을 맡기고
하늘거리며 웃는 네 얼굴
너는 감추려 하지만
너의 청순한 모습 감출 수 없네

네가
플로다의 머릿결을 빗겨주는 시녀일지라도
너의 청순가련한 모습을 사랑하고만 제피로스의 꿈
네 품에 얼굴을 묻고 긴 단잠을 자고픈
연민으로 시작된 사랑

너의 주인 플로다의 질투가
너를 바람꽃으로 만들어 버리고
너를 잊지 못하는 제피로스는
강가에 바람이 부는 날마다
아네모네
너를 만나러 강가로 달려간다

해당화

마산 마루 이름 없는 무덤가에서
팔베개하고 누워 부르던 해당화

올해도 해당화는 피었는데
노래 부르던 친구는 소식도 없네

어느 하늘 아래에서 오늘도
해당화 노래 부르고 있을까?

해당화 꽃만 보면
그 친구 보고 싶다

소야

소야
낯선 이름 궁금하다
검색어 '소야'라고 쓰면 뭐라 답이 나올까?
애기똥풀, 젖풀, 시아똥, 까치다리

노랑 애기똥색 닮았다고 애기똥풀
건강한 애기 똥은 노랗게 싸고
놀란 애기 똥은 푸른색을 띤다

노랑색 천연염료로도 쓴다는 애기똥풀
지천에 널려 있는 잡초인 줄 알았더니 양귀비과라네
무지한 나는 잡초라고 천대했는데
지혜로운 사람은
건강한 애기 똥을 비유해서 이름도 지어 주었네

나의 안목을 바꾸어야겠다

수련

오직 해만 사랑해
비 오는 날은 물론
흐리기만 해도
잠들어 버리는 꽃

누구든 좋아하지만
아무나 사랑할 순 없어
오직 네 사랑은 해님뿐

나도 그래

세잎클로버

네잎클로버가 행운이랬지
행운을 찾겠다고 무수히 많은
세잎클로버를 밟고 지나쳤어

세잎클로버는 행복이래
우리 곁에 허다히 많은 세잎
네 잎을 찾겠다고 세 잎을 짓밟고
흔하다고 곁에 두고도 무심함
귀한 것만 찾아 해매는 욕심
무엇이 소중한지를 먼저 생각해봐

인생에 행운만 중요한가요
행복은 인식의 변환에서
자족함과 감사로부터 시작이예요

네잎클로버

책을 읽다가
마른 네잎클로버가 나왔다
언제였을까?
기억나지 않는 네잎클로버

어디서 찾은 네잎클로버였는지 기억엔 없지만
내가 책을 읽어 줄 때를 가만히 기다리고 있었겠지

오늘처럼 네잎클로버를 발견하고
마음이 즐거워질 거라는 걸 알고
오랫동안 나를 기다렸을 클로버
널 만났으니 이젠 행운이 찾아올 거야

가만히 기다려줘서 고마워
네잎클로버

샤프란

빨간 자전거를 타고
창 넓은 모자를 쓰고
샤를르 거리는 치마를 입고
샤프란 향기가 나는 그녀

입가에 미소를 가득 머금고
자전거 앞 바구니엔 들꽃이 한 아름
초록 들판을 지나 언덕 위에 하얀 집
창 너머로 스며드는 봄바람

임 소식 전해 주려나
자전거 탄 우체부 아저씨
가방이 궁금하다

도라지꽃

산골짜기
쫄쫄거림은
봄을 알리는 물소리

도랑 따라 물봉선도 피고
뒷산 너머 밭에
도라지가 몽글몽글 맺히면

퐁퐁퐁
내 손에 잡혀 터지는 소리
엄마가 알면 혼날 텐데
자꾸만 손이 간다

엄마 몰래
하나만 더 터트리고 가야지
퐁퐁퐁
도라지꽃 폭죽 터지는 소리

작약꽃

금계동 할머니 집
뒤란에는 작은 텃밭이 있었다

앵두나무 밑에 부추밭
부추밭 옆에 딸기밭
딸기밭 앞에 오이밭
오이밭 옆에 가지밭

둔덕 위에 화려한 작약 꽃이 필 때면
나는 동네 언니들과 고무줄놀이 그만두고
그늘 아래 공기놀이를 시작한다

나는 매일 지기만 해서 기분이 나쁠 때면
친구들이 따라오지 않는 뒤란으로 간다
그곳에 가면 항상 내게
활짝 웃어 주는 꽃이 있다

작약꽃
네 웃음이 위로가 되더라

파피루스의 꿈

나를 건져 주세요
나의 변신은 무죄입니다
비록 지금은 수생식물원에서
관상용으로 지내지만
고대 이집트에선 귀한 대접 받던 몸이랍니다

껍질을 까고 밀대로 밀어
조직을 파괴하고
물에 담가두었다가
종이를 만듭니다.
고대 이집트에서 만들던 종이
파피루스
우리나라에도 종이 만드는
닥나무가 있지요

나무로 종이도 만들고
옷(인견)도 만들고
파피루스는 오늘도
연못에서 변신의 꿈을 꿉니다

뱀딸기

양지바른 곳 어디에서나
이 동네 저 동네를 가리지 않아
다닥다닥 엉긴 잎사귀를 보고
딸기인 줄 알았네

동글동글 붉은 네가
산딸기와 닮았다지
노오랑 꽃잎으로 딸기를 질투하고
새빨간 열매는 산딸기를 질투해 붉어졌나 보다

우리는 그렇게 산딸기와 널 비교하며
네가 장미과인 줄 꿈에도 모르고
*허영심 많고 질투심 많은 아이라 착각했네

* 꽃말 : 허영심

닮았다

어?
닮았다

나팔꽃
메꽃
에디슨 축음기

봉숭아

봉숭아 물들여
첫눈 올 때까지 남아 있으면
첫사랑이 이루어진다는
전설을 믿고
봉숭아 물들이던 시절이 있었죠

이제 꽃들도
마지막 여름을 열정으로 불태우고
가을 국화에게 자리를 내어 주려나 봐요

하고초

아!
고향이 그립다
친구들이 보고 싶다
교정에서 지내던 때가 아련하다

하굣길 친구들과 여유로운 귀갓길
자수고개 넘어가다 보면
길가에서 부른다
달콤한 꽃내음과 상큼한 풀내음이

가던 길 멈추고
수다를 떨며
너 한입 나 한입
꿀꽃을 빨아 먹는다
마치 꿀벌인 양
달달한 꿀물 마시며
석양 노을 지는 곳
집으로 향한다

* 하고초 : 꿀풀

나도수정초

숲속에 백마가 있다
한 마리 두 마리 세 마리…
백마들이 무리를 이루고 있네
어쩌면 이렇게 순백으로 왔을까
우주의 신비를 담아
미지의 세계로 여행을 떠나자
나도수정초 백마를 타고 가보자
네 고향 백설의 히말라야까지 달려가 보자

능소화

궁녀 소화야
성은 입은 하룻밤
시기와 질투 속에
구중궁궐 임 그리운 세월
기다리다, 기다리다
애간장이 녹아
더 붉은 꽃이 되었구나
더 높이 올라가 단 한 번만이라도
임의 얼굴 볼 수만 있다면
오직 한 남자만 사랑해
손대지 마세요
손이 닿는 순간
낙화해 버리는 소화야
다음 생엔
임금은 꽃이 되고
소화는 나비 되어
못다 한 사랑 이야기마저 쓰자

수국

봄과 여름 사이
유월의 연가
향기를 따라가 그리움에 닿으면
그곳에 그들이 있고
변심한 연인에게 내려놓지 못하는 미련
주카르느의 오타키 사랑
학명으로 남겨서라도
그 마음 붙잡고 싶었으리라
냉정하게
무정하게
거만하게
돌아가 버린 연인에게
타국 땅에서의 사랑과 이별
형형색색 변하는 수국을 보며
변심한 연인의 슬픈 사랑 이야기

유월의 어느 아름다운 날
수국이 활짝 피는 날들
푸른 물 뚝뚝 떨어지는 하늘 아래
또다시 사랑의 맹세를 하네
사랑은 영원히

불두화

누가 매달아 놓았나
동글동글한 공들이
나뭇가지에
주렁주렁 달렸네

아마도 혼자 놀기 심심했던
남동생이 그랬을 거야
둥근 공을 하나 달고
두 개 달고 세 개 달고

공을 달다가 지쳤는지
남동생은 마루에서 낮잠 자고
아무것도 모르는 누나는
활짝 핀 불두화 나무 아래에서
그대에게 향기를 담아 편지를 쓴다

초화화

뜨거운 햇살이 싫어
모두 그늘 아래로 피하는데
유독 너만은 해님을 좋아해

오후에만 활짝 만개하고
해 넘어가기 전
입 다물어 버리는 초화화
네 별칭이 3시화라며
너와 잘 어울려

오후 3시
친구 3명
세시꽃
너를 만났다 초화화

초롱꽃

그대 오시는 길목마다
초롱에 불 밝혀 걸어둘게요
사뿐사뿐 걸어오세요
그대 기다리는 마음이 설레요

초롱초롱한 눈망울로
밤을 새워 기다려도
그대는 오지 않고
새벽닭 울음소리만 요란하다

봉삼꽃

피부병에 효험이 좋다네
뿌리껍질이 약재로 쓰인다니
귀한 대접 해줘야지
숲속에 고즈넉이 다섯 꽃잎 펼치고
나비처럼 하늘하늘
하나의 꽃대에 돌아가며 꽃을 피워
예쁘다고 지나가다 툭 건드리면
독특한 향내를 뿌린다네
그래서 꽃말이 방어인가 봐
백선이라 불러도
봉삼이라 불러도
시골스럽긴 매양 같네
이렇게 예쁜데

메꽃

막히면 돌아가고
높으면 넘어가고
포기를 모르는 강물처럼

막혀도 상관없고
높아도 상관없이
슬금슬금 기어올라
스리슬쩍 휘감고

아침 한나절 활짝 폈다
오후만 되면 부끄러워 배배 꼬임은
열매 두고 뿌리로 번식하니
고자꽃이라고도 부른다오

진한 파랑은 나팔꽃
연한 분홍은 메꽃
헷갈리지 마세요
우린 닮은 듯 다르답니다

금계국 金鷄菊

김 씨가 금 씨로 불러 달라고 한다
김 씨는 보편적으로 많아
금 씨는 희귀해 보인다
그래서 바꾸려고 하는 걸까?

내 고향은 금계리다
그래서 할아버지께서
금계를 키우셨다

금계국이 전국 길가마다
노랗게 피었다
황금색을 띤 네 빛 때문일까
어딜 가나 금계국이 눈에 띈다
외래종 큰 금계국이
자생 금계국을 밀어내
토종은 발견하기 어렵단다

물고기도 외래종

들꽃도 외래종

언어도 외래종

외래종 아닌 게 없네

신토불이 찾기가

하늘에 별 따기

백합

향기로움에 마음이 느긋해지고
우아한 자태는 엔틱한 가구가 있는 집에 잘 어울릴 것 같은
어디에 있어도 네 화려함은 빛나지

어느 날 문득
네 향기가 나서 두리번거려도
내 주위엔 네가 보이지 않더라
다만 네 향기만이 내가 너를 기억하고 있었어

활짝 핀 백합을 오래도록 바라보고
그 향을 오래도록 음미하려고 해
네가 떠난 다음에도 너를 기억할 수 있게

그러다 문득
네 생각이 난다면
네 향이 느껴진다면
그건 그리움 때문일 거야

백합의 눈물

꽃이 핀 지 일주일
꽃술에 작은 눈물이 고였다
아아!
온 힘을 다해 향기를 뿜고
이젠 마지막 남은 꿀 송이마저 내어
짧은 만남 긴 여운을 남기려나 보다

화사하게 웃는 얼굴에
아쉬운 눈물 한 방울
그대가 가고 나면
내년 이맘때까지 나는 또
그리움 가득 안고
그대 향기를 기억하며 기다려야겠지요

그대도 가는 길이 섭섭하여
내게 눈물 한 방울 보여 속내를 보이려오
잊지 않을 테요
다시 만날 때까지
그대도 나를 기억해 주오

이별 연습

그대 가려오
나 그대에게 받은 선물
아직도 그 향기가 내 옷깃에 머물러 있는데
그대는 떠날 준비를 하네요

가야만 한다니
더는 붙잡지 않겠어요
가는 길 고이 보내 드리지요
내게 남긴 체취일랑
내 마음 깊이 간직할게요

그대 나를 잊을 때쯤
나도 그대 잠깐 잊어도 되겠지요
그대 잠깐 잊은 시간 섭섭해 마세요
그래도 내겐 그대가 최고였으니까

장미의 정원

붉은 색조의 매력은
정열적이고 사랑스러움인 것 같습니다

내게도 열정적인 때가 있었죠
뜨겁게 사랑할 때
정열적으로 일할 때
아낌없이 주고 또 주고도 안타까운
내 아이들의 환한 웃음 위에
쏟아내는 붉은 사랑

마당 가득 장미가 꽃 피고
담장 너머 골목에도 장미꽃이 넘쳐
지나는 이들 발길을 사로잡는
장미의 정원

어느 집 풍경이 이보다 더 아름다울 수 있을까
장미꽃 향기에 곁들여 묻어나는
커피 향과 웃음소리가 달달하다

자주 달개비

아침이면 해님이 방긋 웃고
해님을 좋아하는
자주 달개비도 방긋 웃는다

부지런해야 오전 중 자주달개비와
활짝 핀 인사를 나눌 수 있다
정오가 지나면 서둘러 잠자러 가는
잠꾸러기 자주달개비

흐린 날은
하루종일 잠만 잔다
농부들의 쉬는 날이
비 오는 날이듯

민백미꽃

하얀 백미꽃 박주가리과
대궁을 뚝 분지르면
하얀 피를 흘린다

산들거리는 바람
받쳐 이어 주는 반그늘에
하얀 방울 조롱조롱 달고
순백색 꽃을 피워 존재를 알린다

굳이 색조를 입지 않아도
충분히 아름다운 들꽃
민백미꽃이여
오늘부터 나는
너를 가슴에 품으련다

제3부

가을

석산(꽃무릇)

네 마음이 어떠냐

얼굴이 붉어지고
긴 마스카라를 올리고
요염하게 눈을 뜨고
유혹하려는가

내가 돌부처인 줄도 모르고
나를 속세 사랑으로 데려가려는가?

받아주지 않는
서글픈 사랑
그 사랑 몰라보니
분말로라도
그대 곁에 남아
붉은 채색옷으로
탱화 속으로 들어간다

박주가리

흥부와 놀부가 제비 다리 고쳐 주고
얻은 박 씨앗

흥부네 박씨 안에는 박이 들어있겠지
아이들 배고픈데 죽 끓여 줘야지
쓱싹쓱싹 –– 쩌억!
에구머니나 금은보화가 가득 들었네
이게 웬일이래니

놀부네 박씨 안에는 금은보화가 들어있겠지
어서어서 박을 타 보자
쓱싹쓱싹 –– 펑
연기 속에서 방망이 들고 나타난 도깨비

박주가리 안에는 무엇이 들었을까
흥부네 금은보화도 없고
놀부네 도깨비방망이도 없고
하얀 솜털 가득한 홀씨만 가득 들었네
박 터지는 날
바람 타고 그대 곁으로 갈 테요

풍선초

너는 온몸으로 사랑을 표현하는구나
순백의 꽃을 피워 향내를 풍기고
연약한 넝쿨손으로 오르고 뻗어

행복이 가득한 집 벽을 타고 올라가 너도
한 가족 되어 웃음이 예쁜 딸아이 창문에
조롱조롱 풍선을 불어 장식을 하고 날마다

사랑해
사랑해

소슬바람에도 나부끼며 익어가는구나
영근 너의 모습이 사랑스러워 한 번 더 바라보게 해
내년에도 잊지 말고 다시 만나자고
종자마다 하트를 새겨놓고
올 한 해 너와 함께 한 시간이 너무 소중해
자유를 만끽한 선물 같은 시간이었어

겨울잠 잘 자고 내년 봄 다시 만나자
풍선초 나도 널 사랑해

해바라기

태양을 향해 바라기를 하며
온종일 쫓아다녀도
해님은 아침부터 저녁까지
나 잡아 봐라 약을 올리지요

하루 종일 바라기를 하고 나면
별빛이 반짝이는 밤
잠시 쉬어 가려 해요
내일 또 해 바라기를 할 거니까요

오늘은 저 해님을 잡을 거야
한 뼘 더 키를 키워보지만
해님은 여전히 잡히지 않고
그저 빙그레 웃기만 해요

따라쟁이 해바라기도 빙그레 웃어요
해님과 해바라기는 닮았어요
날마다 술래잡기 놀이를 하다 보니
어느새 닮아있네요

키다리 아저씨와 얌체

키다리 아저씨 해바라기가
해를 따라 다니느라 키만 뻘쭘 컸대요
하루종일 해를 따라 다녀도
언제나 그만큼의 거리
이미 해님과 해바라기는
사회적 거리 두기 하고 있었네요

살금살금 기어서
해바라기 칭칭 감고 오르더니
나팔을 불며 활짝 웃는다
나는 나팔꽃
얌체같이

연리지 사랑

나의 팔이 너의 목에
너의 팔이 나의 허리를
감싸 안고 느끼는 설렘

눈빛이 가까이
입술이 가까이
닿을 때마다
바람에 나부끼는
이파리들의 호들갑을 떠네

우리가 서로 사랑하는 것이
부끄러워서일 거야
바람도 햇살도 슬쩍 비껴가네

홍시

살랑살랑
가을바람에

홍시가 익어가요
할머니가 그리워요

고향 마을엔 올해도
홍시가 지천인데

우리 할머니는
불러도 대답이 없으시네

목화

목화하면 문익점
대나무 붓에 씨앗 3알
귀양살이에도 백성들 생각뿐

무명실 뽑아 길쌈하고
물레질 바느질에
따뜻한 옷 입게 되었다

세월 지나 잊혀 가지만
천연섬유가 좋아

자수고개 하얀 목화밭
내 기억 속에 부모 형제
추억들이 아련하네

낙엽

낙엽을 주우면
내 마음도 주워질까요?

낙엽을 쓸어버리면
내 마음도 버려질까요?

그립다고 말하면
그대 내게로 돌아올까요?

세월이 흘러가듯이
강물이 흘러가듯이

사랑도
마음도
흐르고 나면 그만인 것을요

갈대와 석양

쪽빛 가을 하늘 흰 구름도 멈추고
가을걷이 마친 들녘을 지나
저수지에 낚시를 던지고
깊은 사유에 빠지는 당신을
등 뒤에서 가만히 지켜봅니다

때로는 백 마디 말보다
조용히 사색하는 자유로움을
이해함이 더 필요하겠지요.

먼 산에서부터 달려온 단풍이
호숫가 자작나무에도 물을 들이고
작은 바람에 나부끼는 갈대도
흰머리 풀어헤치고
석양의 노을을 사위어감은

아마도 나와 갈대와 석양이
닮아서일까요

잎새

붙잡아 두고 싶은데
기어이 가야 한다네요

보내… 주어야겠죠
밤새 또 얼마나 이별을 했을까요?

바람 불 때마다 한 잎 한 잎
잎새들이 이별을 하네요

야생화

이 가을에 만나니 더 반가워
내년에도 또 만날 수 있을까?

내가 널 좋아한다고 말하면
넌 내게 활짝 웃어 줄 거야?

네 웃는 모습을 매일 보고 싶어
우리 이렇게 웃으며 같이 살자

궁기한 계절

어쩌자고 마음을 두었을까?
피고 나면 지는 것을
모르진 않았을 텐데

어쩌자고 가슴을 열었을까?
단풍들이 아름다워도
한 계절 짧게 지나가고 말 것을

어쩌자고 약속을 했을까?
만나면 헤어짐이 있는 것을
사랑이 영원할 순 없는 것을

철모르고 피어난 장미 한 송이
궁기한 계절에 마지막 노래
포르테시모의 강렬한 음을 남기고

어떡해!
첫눈 같지 않은 눈이 펑펑 오는 날
서럽게 고개를 떨구네

제4부

겨울

남천

사랑하는 사람아
조용한 산촌에서
조그만 집 짓고
실개천에 송사리 떼 함께 살자

마당엔 키 큰 해바라기도 심고
맨드라미도 심어 꽃차도 말려 덖고
마당 가득 채송화도 심어 피고 지고

울타리엔 남천을 심어
푸른 잎 가지마다 하얀 꽃 피우고
늦가을 붉어진 잎사귀마다 알알이 붉은 열매
겨우내 백설 속에서도 꽃처럼 살리라

사랑하는 사람아
병든 몸 연약해진 마음을 보듬는
살아온 날보다 살아갈 날이 짧아도
알알이 붉은 그 사랑이 결코 가볍지 않으리

　* 꽃말 : 전화위복

자작나무 숲으로 가자

인생이 유한하다 하여도
우리는 저 길을 걸어가야 하리

인생사 고단함을 어찌 말로 다 표현하리오
오르막이 있으면 내리막도 있으려니

어제도 참고 또 오늘을 참아
내일은 좋아질 거야 희망을 품고

북풍한설 찬바람도 견디어 내고
백설과 맞서 새하얀 숲을 이루는

상수리나무 갈참나무 숲을 지나
자작나무 숲으로 가자

나이테

마지막 남은 한 장의 달력이
오 헨리의 마지막 잎새처럼
애절하게 매달려 있습니다

나무들도 내뿜던 숨결을 거둬들이고
나목의 나이테가 늘어나는 만큼
내 삶의 격도 늘어났으면 좋겠습니다

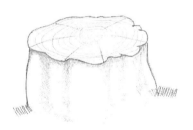

설련화雪蓮花

눈 속에서 피는 연꽃
복과 장수의 부와 행복의 복수초
얼음을 뚫고 피는 꽃 얼음새꽃

연꽃을 닮은 꽃봉오리
황금 잔을 닮은 네 모습
여러 형상이 담겨져
눈 속에 강인한 의지
나를 자아성찰하게 하네

황금 잔을 높이 들고
축배를 올리자
사랑이여 영원하라

* 설련화 : 복수초. 얼음새꽃

산다화

동백꽃을 닮은 너
차나무 꽃을 닮은 너

동박새와 사랑을 하고
동백꽃을 보고 서럽게
꽃잎을 날리며
이별하는구나

네 꽃잎이 하나씩
떨어질 때
동백꽃과 다름이
그제야 알겠네

* 산다화 : 애기동백
* 애기동백: 꽃잎이 하나씩 떨어진다.
* 동백꽃 : 꽃송이째 떨어진다.

동백꽃

봄부터 가을까지 온갖
꽃 잔치가 소란스럽게 지나갔다

온통 갈색으로 변해 가는데
너는
여름보다 더 짙은 녹색으로 빛을 내고
추운 겨울일지라도 사랑스러운 꽃으로
피어나 여행자의 눈길을 사로잡네

너의 붉은 입술에 입맞춤하고
나의 마음도 붉게 물들었다

겨울나무

시베리아 시린 바람이
가지를 잡고 흔들어 대니
저 산 너머 북풍에 실려 오는
겨울 할아버지 소식

올겨울은 예년보다 더 추울 거란다

고목 아래 흰 눈이 잠시 쉬어 가고
얼어붙은 호수에는 빙어가 유영하고

커피 향이 은은한 작은 창가 테이블 위에는
읽던 책갈피마다 형광색으로 줄을 긋고

올해도 고목은
겨울 이야기를 써 내려간다

나목

속살을 드러내고
바르르 떨어도

아무렇지 않게
바라보는 나는

너의 실루엣을 닮은
나의 자아상이

아마도, 나도 너처럼
발가벗고 있기 때문인가 보다

제5부

마음 챙김

편견

다름을
이해할 수 없는 것
다름을
틀리다고 하는 것

네모는 네모만
세모는 세모만
동그라미는 동그라미만
옳다
라고 하는 것

네모와 세모와 동그라미가 어우러짐이
하얀 꽃잔디와 분홍 꽃잔디가 어우러짐을 보고

나는
아직도 내 안에 편견이 남아
나를
옹졸하게 하고 있음을 본다

투표하러 가는 길

정치가 어떠네
당이 어떠네
말도 많고 탈도 많은 선거

올해부터 만 19세 청소년도
투표할 권리가 있다
민주주의의 원칙은
다수결의 원칙
모두가 참여권을 행사하고

어느 때 보다
조용히 치러지는 선거
나만 그렇게 느끼는 건 아닐 테지

투표하러 가는 길
나는
너를 만난 것이
더 기쁘다
보일 듯 말듯
꽃마리야

사과꽃

인연이라서 만났겠지요
필연이라 결혼했겠지요
어딘가 닮은 듯도 하다구요
그래서 천생연분이었나 봐요

살다 보니 서로 다른 것도 알게 되고
도저히 용납되지 않는 고집에 화도 났지요
그래도 그렇지 무정하게
그리 훌쩍 떠나버리다니요

미안합니다
내가
조금만 더 마음이 넓었더라면
조금만 더 이해했더라면
충분히 웃을 수 있었을 텐데요
매정한 나를 용서하세요

나를 보고 사과 꽃처럼
하얗게 웃던 당신을 닮은
사과 꽃이 하얗게 피기 시작합니다

조팝나무꽃

4월이 오면
그대가 생각난다

앞산에
분홍 진달래

울타리마다
노랑 개나리

봄꽃들이 피어나면
나는 그대가 생각난다

하얀 조팝나무 꽃을
한 아름 안고 말없이 건네주던

그때 말해줄걸
아~향기롭다

커피

카페인으로 불면증이 두려워도
나는 그대를 포기할 수 없네

무엇 때문일까
붉은 콩이 갈색으로 변하고
갈색 원두가 와인색으로 변하고
나는 그대를 만나기 위해
분주한 손놀림과 이어지는 기다림

똑똑똑
떨어지는 커피 소리가
내 심장에 와 닿는다
커피 향이 코끝을 자극하니
침샘이 요동친다
나는 그대를 멀리하고 싶은데
그대를 기억하고 있는 내 마음이
쏠리는 걸 어쩔 수 없네

얼음을 동동동 띄워
제일 큰 머그잔으로 한 모금
그래
이 맛이지

불면의 방(1)

카페인이 많은 커피
카페인에 약한 나
오늘은 두 잔 마셨다
과음했다

오늘 밤 불면증은
이유 있는 불면증
카페인 탓이야
잠을 못 잔다면 무얼 할까

할 수 없지
잠 안 오는 밤엔
詩와 함께 별을 세어 보자
별이 내 맘에 들어와
나를 안아 주며 하는 말

사랑할래?

단비

너희들이 기다리던
비가 와서 좋겠다
텃밭의
오이 상추 수박 참외야

투둑투둑
빗소리가
바쁘게 다니는 사람들
발자국 소리 같아

혹시
그대 발자국도 있을까
귀 기울여 보네

불면의 밤(2)

카페인의 농락
불면의 밤
예상대로였다

詩를 쓰려다가
불후의 명곡을 듣다가
그것도 안 되겠어
심장이 더 빨리 뛴다
읽어 주는 성경을 찾았다
시편 1편부터 23편까지 가물가물 기억난다
어느덧 창밖이 어슴푸레 보이는 것 같아
하룻밤을 꼬박 지새웠구나

갱년기 열감으로 다시
눈 떠 보니 날이 훤히 밝았다

명상음악을 틀어 놓고 심장박동을 세어 본다

두근거리던 심장이 음악에 맞추어
새 소리에 맞추어 천천히 같이 뛰기 시작한다
음악과 내 심장이
딱 맞아
심연 깊이 호흡이 느슨해진다

노래 한 소절이 고장 난 오디오처럼

어제 저녁부터 단비 내리더니
아침 출근길
빗물과 부딪는 마찰음이 무겁게 들린다

갑자기 계속되는
고장 난 오디오처럼
노래 한 소절이 계속 떠 오른다

― 그대여 내―게~~~돌아와요 / 이선희―

아침부터 왜 이 한 소절이 반복되는지
어젯밤 빗소리에 그리움의 잔상들인가

햇살이 눈부시게 눈맞춤한다
오늘의 온도는 얼마나 올라갈지
아직은 에어컨 켜지 말고 창문을 활짝 열고
선풍기로 견디어 보려 한다

나 하나의 작은 실천이 모이면
큰 물결이 되는 탄소 마일리지 운동
오늘 동참하면서 자긍심과
환경지킴이 분들에게 고마움 전한다

백세 시대

애가 애를 낳고
애가 애를 키운다고
소꿉장난하는 것 같다고
동네 아주머니들 안타까워 혀를 끌끌 차더니
엄마인가 이모인가
의아한 눈길 위에 음흉한 웃음
아들들 장성해서 제 앞가림하더니
젊은 커리어 맘이 좋단다

백세 시대
아직도 사십 년은 족히 남았다
인생 1막 끝나고 2막이 열린다
1막과 2막 사이 질병과 사별이 겹쳤어도
긍정의 힘으로 버티고 새로운 도전을 한다

마흔에는 자신의 얼굴을 책임지고
오십 대에는 수용함으로

육십 대에는 내려놓음으로
칠십 대 이후에는 자연스러움으로
백 세를 완주할지 알 수 없으나
마음은 백세 시대까지 나도야 간다

중독

알콜 중독
니코틴 중독
인터넷 중독
약물 도박 중독

헤아릴 수 없이 많은 중독들이 있다
부정적인 중독도 있고
때론 건설적인 중독도 있다

한때 난 일 중독이었다
출근 시간부터 퇴근 시간을 넘기고
직원들이 다 퇴근한 후에도 야근을 밥 먹듯 했다

사랑에 중독된 사람
사랑 없이는 살 수 없다는 사람
사막 가운데 목마름처럼
사랑은 갈증을 더하고

그 갈증으로 자신이 타들어 가는 불나방이 되는 것

사랑의 본체는
용납함 수용함 배려함
그럼에도 불구하고 용서함
사랑의 가장 고귀함은
아가페 사랑일 것이다
누구나 인정하지만 내가
그 안에 머물 수 있다는 것을
깨닫는 것은 은총이다

권력에 중독되고
지식과 배움에 중독되고
자원봉사에도 중독성이 있다

미치도록 하는 일
그것으로 희열을 느끼는 일
중독
나는 지금 시詩에 중독되었나 보다

고립감

모두가 바쁘다
그들의 직장에서
그들의 매장에서
그들의 삶의 현장에서

나는 그들에게서
잊혀 가는 중인가 보다
하루에도 몇 번씩
전화를 들었다 놨다
전화를 할까 말까

누구에게 전화를 할까
누가 나의 전화를 반겨줄까
벨이 울리지 않는 전화기를 들고
지난날 어울려 지내던
얼굴들을 하나씩 떠올린다

그들은 모두 너무 바쁘다
한가한 내가 전화하기 미안할 뿐
그래도 보고 싶다
함께 모여 토론하고 협력하고
경쟁하던 이조차도 그리운 걸 보니
내가 많이 외로운가 보다

텃밭

새집 짓고 장가가고 아이 낳고 키우고
새벽부터 해질 때까지 구석구석
부지런히 쓸고 닦던 보금자리
고향집 떠난 지 20년
집도 낡고 마당도 잡초가 무성하다

마당 잡초도 제거하고
텃밭에 풀도 뽑고
손바닥만큼 모종 사다 심었다
호박 오이 참외 고추 상추 쑥갓
어설프게 심었어도 밤새 고마운 비가 와서
모종 살이 백프로 성공했다

낡은 집 수리도 하고 텃밭도 가꾸면
다시 고향집 마당에서
아이들의 웃음소리 들리려나
삼십 육년 전엔 환갑 되신 시부모님 사셨는데

어느덧 나도 삼년 후면 환갑이네

이렇게 세대가 교체되고
새집이 헌 집 되듯이
나도 늙어가는구나

촛불

아버지 어머니
어린 날
내게 들려주신 이야기들
나에게 길이 되고
푯대가 되었습니다

나도 당신들처럼
나의 아들들에게
그런 삶이 되고 싶습니다

찻잎을 덖어

너는
그리움을 한 움큼 쥐고서
초록빛으로 내게 다가왔다.

가녀린 네 손가락 사이로
소슬바람 지나가더니
너는 그리움을 토해내고
비와 바람과 햇볕을 안고
사뭇 부끄러워
아낙들의 바구니에 숨었다

덖고 말리고 반복되는 유희 속에
너는 숙성 되어 가고
행다하는 팽주의 손끝
예禮와 미美와 향香이 아름답다

다향茶香 짙은 다茶방에서 나눈 이야기
새벽닭이 울고 아침 햇살에
연잎 위에 이슬방울
소리 없이 사라진 줄도 모르네

약속

다짐을 하고
또 확인을 하고
해야겠다는 결심은
이유를 묻지 않고
변명을 들어 주지 않고
결단하는 행동만 받아들인다

때론 버겁다 후회도 하지만
내 안의 나와의 약속
아무도 몰라
슬쩍 수정해 버릴까?

아니지
비밀은 없어
나 자신이 알고
하나님도 아셔

그래도 살짝
비껴가고 싶은 맘
내가 내게 한 약속

새벽

도시인데 어디선가 닭 울음소리가 들린다
이른 잠 깨어 물 한 모금 마시려
거실로 나가니
밤새 백합향이 가득하다
창밖으로 어슴푸레 날이 밝아 오고
아침 해가 동쪽에서 붉은 물을 들이며 달려온다

아직은 새벽 찬 공기가
한낮의 태양에 쫓겨 갈 테고
오늘 하루 해야 할 일들을 생각하니
세월이 빠르게 느껴짐은 나이 탓이런가

늘 새벽은 새롭다
새벽을 깨워 기도하고
오늘 하루도 어제처럼
세월을 아껴 사랑하고
감사로 끝나기를 기도한다

이 모든 것이 살아있으므로 느껴지는 것
이제 곧 오랜 잠자러 갈 텐데
나의 비문엔 무엇이라 남길까

들꽃

노천에서 살기에 풍파를 겪었습니다

거친 바람과
뜨거운 태양과
범람하는 홍수와
매서운 동장군과 싸워야만 했습니다

때론 벌레들과 사투하고
행인들에게 무참히 짓밟혀도
쓰러져 다시 곁가지를 치며
치열하게 살아야만 했습니다

그래서
향이 더 짙어야만 했고
더 단단해져야만 했습니다
아무도 모르는 곳에서
숨죽여 버텨내야 했습니다

이젠 괜찮습니다
당신이 나를 바라봐 주니까요

별

하늘에서
별이 내려 왔다

도라지꽃으로
돌매화나무 꽃으로
쪽동백꽃으로
하얀 별들이
여기저기서 빛난다

딸의 꿈도
별이 되기를 원한다
반짝반짝 빛나는

등칡꽃

칡을 닮은 듯
등을 닮은 듯
색소폰 닮은 듯

사랑받기 위해 태어난 너는
포도나무에 접붙여진 가지
닮은 듯 아닌 듯
함께 지낸 세월만큼
닮아 가는 너
등칡이 칡과 닮았듯이
너와 나도 닮았데

위탁아동 11년차
이젠 닮았다는 소리가 당연한 듯 살아요

5월에 태어난 아가야

공오. 공오. 공오.
너의 생일을 축하한다
너는 어른이 되어도 어린이날이구나

붉은 장미가 피는 5월에 태어나
사랑스러운 내 딸이 되어줘서 고마워
너를 가슴으로 품어 낳아 속울음 울며
연단으로 키워낸 사랑스러운 아가야

네가 너의 둥지를 찾아가는 날
나는 어쩌면 너를 보내기 싫어
너의 손목을 놓아주고 싶지 않을지도 몰라

네 품속에서 아직은
나의 사랑만 요구하는
네가 있어 참 좋다.

오월에 태어난 아가야
생일 축하해~♡

5월엔 슬프지 않았으면 좋겠어요

5월은 가정의 달
가족의 소중함을 생각하는 감사의 달

어린이날도 있고
어버이날도 있고
성년의 날
스승의 날도 있다

우리는
하나 더 기억하고 있습니다
가정위탁의 날
가족이라는 말만 들어도 가슴 아픈 아이들
엄마 아빠라는 단어만 봐도
눈물이 나는 아이들

여러분
똑같이 대해 주세요
선입견 없이 봐 주세요
편견 없이 봐 주세요
우리 친구들도
사랑받기 위해 태어난 아이들이랍니다

딸랑구

집에서 지내는 긴 시간
그나마 SNS세상이라서 다행
마스크 불편하다고 외출도 귀찮아
온종일 집안에서
김치볶음밥 먹고 싶어
고기가 땡기네

코로나로 온라인 수업
온라인 수업 마치면
피아노 치며 노래 부르기
피아노 독학하며 맘대로 안 돼
피아노 부시고 싶다고
엄만 내 맘 알아? 모르지?
품속을 파고드는 애교쟁이

고양이처럼 부비부비
엄마 냄새가 좋아

은근슬쩍 엄마 궁뎅이 만진다
야~ 그건 성추행이야
아잉~ 엄마 궁뎅이가 말랑말랑해서 좋앙~~
함지박 웃음을 웃는다

어느새 커서 엄마의 고민을 들어 주기도 하고
자기 심중의 소리
진학의 고민을 털어놓기도 한다

자식은
품 안에 있을 때뿐이라지만
내일이야 어찌 되던 오늘 하루 족하다

□ 서평

긍정의 힘에서 얻은 열정과 감사의 시심

최 봉 희(시조시인, 글벗 편집주간)

몇 해 전 조엘 오스틴 목사가 쓴 『긍정의 힘』이 큰 화제가 된 적이 있다. 힘겨운 삶에서 적극적인 태도와 긍정적인 생각이 삶을 행복하게 만들어준다는 내용의 책이다. 삶에 대한 긍정적인 자세와 태도가 미래를 열어준다는 희망의 메시지를 담고 있는 책이다.

사실 긍정이 우리 삶에서 얼마나 큰 힘을 갖게 되는지 스스로 반신반의한 적이 있었다. 그런데 긍정의 힘을 갖고 감사의 마음으로 자신의 삶과 자연을 노래한 시인이 있다. 바로 계숙희 시인이다. 계숙희 시인은 2020년 계간 글벗에 등단하여 꾸준하게 창작활동에 참여하는 열정의 시인이다. 고통스러운 암 투병 중에 여섯 번의 수술을 이겨내고 질병으로 인한 나약함을 극복했다. 그뿐인가. 글과 그림의 재능을 발견하고 꾸준한 배움과 이웃과 나눔의 시간을 실천하고 있다. 그 중 하나가 바로 글쓰기 활동이다.

시인은 자신의 글을 통해서 자신이 겪은 고통의 순간들을 기억하면서 고통받는 환우들에게 용기를 주고 싶다고 말한다. 사실 인생은 고통과 씨름하며 살기엔 너무 짧다. 시인은 고통과 아픔의 글, 부정의 글보다는 자연과 삶에서 깨달은 희망적인 글을 통해서 작은 감동이라도 나누고자 하는 것이다. 이에 계숙희 시인은 첫 번째 시집 『이름 없는 들꽃은 없다』을 상재했다. 바로 긍정의 힘이 가져온 삶의 고백서이자 감사의 글이다.

그의 시작품을 모두 정독했다. 계숙희 시인의 시 세계는 특징은 세 가지로 분류할 수 있다.

첫 번째는 긍정과 감사의 마음을 담은 시심이 빛을 발한다. 그것은 대체로 자연을 소재하여 시인이 갖고 있는 독특한 감성의 표현이자 삶의 철학이다.

바다가 부르더냐
바람이 부르더냐
발길 닿는 곳마다
나의 맘을 흔들어 유혹하는데

유혹당하지 않으려
고개를 돌려봐도
아하
어느새 가재미 눈을 하고

네게 머물러 있네

알았어 / 고백할게
너 참 예쁘다
태안 튤립 축제 한마당
– 시 「튤립」 전문

아름다운 자연을 보고 아름답다고 말하지 않을 수 없다.
충남 태안의 튤립 축제에서 찾은 그의 시심은 꽃과 대화를
통해 표출한다. 그의 고백은 앞으로 일어날 일에 대한 회
한과 두려움을 극복하려는 자신만의 장치이리라. 그래서
시인은 날마다 새롭고 감사한 하루를 살고 있는 것이다.

도시인데 어디선가 닭 울음소리가 들린다
이른 잠 깨어 물 한 모금 마시려
거실로 나가니
밤새 백합향이 가득하다
창밖으로 어슴푸레 날이 밝아 오고
아침 해가 동쪽에서 붉은 물을 들이며 달려온다

아직은 새벽 찬 공기가
한낮의 태양에 쫓겨 갈 테고
오늘 하루해야 할 일들을 생각하니
세월이 빠르게 느껴짐은 나이 탓이런가

늘 새벽은 새롭다
새벽을 깨워 기도하고
오늘 하루도 어제처럼
세월을 아껴 사랑하고
감사로 끝나기를 기도한다
- 시 「새벽」 전문

둘째로 시인은 사랑이라는 감각을 통해 시를 빚고 있다.
자연은 인간에게 쉼 없이 끊임없이 속삭이고 있다. 대화와
소통을 희망하는 것이다. 우리가 마음을 열어야 할 이유가
여기에 있다. 그 깨달음은 결코 자연에서만 나오는 것이
아니다. 깨달음은 표현되기를 기다리는 영혼의 놀라움에서
시작된다. 바로 인간이 표현하는 감각의 신비로움에서 비
롯된 것이다. 그것이 감사이며 그것이 사랑인 것이다.

임 찾아 날아든
수컷의 날갯짓
암컷은 부끄러워
얼굴 붉히고
움막을 지키던
바람도 향기를 내고

꾀꼬리 정사

남몰래
훔쳐본 것이 부끄러워
분홍빛 꽃잎
파르르 떤다
– 시 「앵초」 중에서

 얼마나 멋진 표현인가. 시로 대상을 표현하는 것이야말로
살아있음의 증거다. 삶의 이유가 된다. 증오를 표현할 수도
있고 사랑을 표현할 수도 있다. 시인은 통합의 인지 능력
으로 모든 무형의 사물을 표현하는 것이다. 다만 계숙희
시인은 긍정의 마음으로 사랑을 표현하고 있다.

애가 애를 낳고
애가 애를 키운다고
소꿉장난하는 것 같다고
동네 아주머니들 안타까워 혀를 끌끌 차더니
엄마인가 이모인가
의아한 눈길 위에 음흉한 웃음
아들들 장성해서 제 앞가림하더니
젊은 커리어 맘이 좋단다

백세 시대
아직도 사십 년은 족히 남았다

인생 1막 끝나고 2막이 열린다
1막과 2막 사이 질병과 사별이 겹쳤어도
긍정의 힘으로 버티고 새로운 도전을 한다

마흔에는 자신의 얼굴을 책임지고
오십 대에는 수용함으로
육십 대에는 내려놓음으로
칠십 대 이후에는 자연스러움으로
백 세를 완주할 지 알 수 없으나
마음은 백세 시대까지 나도 야 간다
– 시 「100세 세대」 전문

언제부터일까? 감성이 있는 인간은 느끼지 못하고 퇴화한
때가. 늙으면 허망하다. 하지만 나이가 들어가는 것을 긍정
의 마음으로 바라본다.
마치 자연이 한창 새로운 생명을 잉태하고 키우기 위한
준비를 하는 것과 마찬가지다. 신록의 싱그러움이 가득한
인생의 봄날도 마찬가지다. 느리게 천천히 움직이는 것 같
으나 내적으로는 쉼 없이 빠르게 변화 중이다. 이게 생명
의 봄이다.

연분홍 치마를 입고
추운 겨울을 달려온 진달래
너의 나풀거림은

심쿵
봄이 온다는 소식이지

진달래 피었다 지나간 자리
진분홍으로 온 산을 붉게 물드는
철쭉꽃 피면 짧은 봄날의
약간의 섭섭함을
너의 화사함으로 채우고
남은 찬바람도 미온의 다정함으로 너를 반긴다
– 시 「진달래와 철쭉」

'산은 산이요, 물은 물이다'라는 성철 스님의 말씀이 생각난다. 이는 자연 현상을 단순하게 표현한 말이다. 그런데 많은 사람들이 심오한 뜻을 헤아리려고 애를 쓴다. 사람들이 진정한 그 의미를 되새겨 음미하고자 한다. 결론은 그저 산이요, 물인 줄 알았는데 그게 아니라는 것이다. 그 속에서 수많은 생명이 태어났고, 숨 쉬며, 노래한다는 것이다. 분명한 것은 산은 이웃과 함께 어울리고 있다는 사실이다. 어쩌면 시인이 산이 되어서 바로 어울림과 나눔의 삶을 추구하는 것은 아닐까.

시냇물 소리가 경쾌하게
바람 소리가 따사롭게
나지막이 피어나는 노랑이들

나는…
어디로 갈지를 몰라 서성이네
시냇물 소리
바람결
노랑 옷을 입은 너
영춘화야

봄은 그렇게 내게로 왔다
– 시 「영춘화」 전문

이 시는 봄을 맞이하는 기쁨을 영춘화로 대신한 것이다. 물은 슬쩍 왔다가 잠시 머무른다. 그리고 서서히 혹은 급하게 흐른다. 흐르는 물은 많은 생명과 어울린다. 심지어 이끼와 돌, 그리고 꽃들과 함께 춤을 즐기는 것이다.

봄의 시냇물은 추운 겨울에 흐르고자 했던 '염원의 소리'란 것을 안다. 시인은 또한 봄이 빚어낸 '생명의 소리'임을 깨닫는다. 이것은 바로 물심일여(物心一如)의 경지가 아닐까? 봄은 이렇게 있는 듯 없는 듯 작은 소리가 귀를 간질인다. 시냇물 소리, 바람 소리 나는 곳으로 눈을 돌리면. 그 느낌을 알 수 없다. 그러다 정신을 가다듬고 삼매경에 빠진다. 들릴 듯 말 듯, 보일 듯 말 듯, 아주 작은 소리가 허공에 넘쳐난다. 바로 봄의 소리이다.

때아닌 꽃샘추위가 닥쳐
여기저기 움트던 새싹들도 놀라고
어여쁘게 단장하던 봄꽃들도 파르르 떤다

강바람에 가녀린 몸을 맡기고
하늘거리며 웃는 네 얼굴
너는 감추려 하지만
너의 청순한 모습 감출 수 없네
– 시 「아네모네」 일부

인생은 봄처럼 막바지 진통으로 가득하다. 여기저기 '톡
톡' 터지는 소리가 요란하다. 이는 꽃나무들이 온 힘을 쏟
아 가슴을 여는 소리와 함께 아기 새싹을 낳는다. 지금 막
태어난 새싹을 바라보라. 아이가 자궁에서 나오는 그 아름
다운 순간 아주 빠르게 자라난다. 파릇파릇 돋아난다. 이는
참으로 신비로운 기쁨의 현장이 아닐 수 없다.

거친 세상에서 살아남으려고
악다구니하며 억세게 살아남았더니
고운 손 여린 미소는 주름 속에 가려지고
가시 돋친 한마디 가슴에 생채기를 낸다

엉겅퀴 같은 여편네라고 질책받을 땐

나도
좋은 사람 좋은 환경에서 살았다면
이렇게 되진 않았다고 항변하는
옆집 여인의 앙칼진 넋두리

엉겅퀴같이 사납다더니
다소곳이 몽글몽글 피어나는
자주 빛깔 꽃
가시가 있어 초식동물로부터 보호막을 치고
수분 증발을 막아 생존전략에 강하다
– 시 「엉겅퀴」 중에서

꽃과 나무들도 마찬가지다. 때를 맞춰 성장을 위해 피어
나는 꽃들. 그들은 멋을 한껏 부린다. 누가 알아주지 않아
도 좋다. 활력과 생동감, 그리고 열정이 넘쳐난다. 그리고
젊음은 가만히 있지 않는다. 꽃을 피우는 사랑의 언약을
통해 영원한 사랑의 맹세를 하는 것이다.

유월의 어느 아름다운 날
수국이 활짝 피는 날들
푸른 물 뚝뚝 떨어지는 하늘 아래
또다시 사랑의 맹세를 하네
사랑은 영원히
– 시 「수국」 중에서

꽃이 피는 날, 사랑의 맹세를 하는 아름다운 모습을 보라. 이는 본인이 병마를 이겨낸 아픔과 고통을 극복한 희열의 표현이리라. 인생에서 가장 아름다운 시기는 꽃 필 때가 아니겠는가. 그때 사랑을 고백하지 않으면 그것은 사랑을 완성할 수 없다. 이것이 시인이 추구하는 행복이다.

눈 속에서 피는 연꽃
복과 장수의 부와 행복의 복수초
얼음을 뚫고 피는 꽃 얼음새꽃

연꽃을 닮은 꽃봉오리
황금 잔을 닮은 네 모습
여러 형상이 담겨
눈 속에 강인한 의지
나를 자아성찰하게 하네

황금 잔을 높이 들고
축배를 올리자
사랑이여 영원하라
- 시 「설련화」 전문

어느 봄날, 추운 겨울을 이겨내고 피어난 복수초를 바라보는 시인의 정서를 돌아보자. 시인은 복수초에게 삶을 배운다. 그리고 축배의 잔을 드는 것이다. 또다시 영원한 사랑을 꿈꾸는 것이다. 그 행복은 노란 웃음소리로 나타난다. 아름다운 연인과 춤을 추는 입맞춤이다. 그리고 마침내 사랑하는 이와 꽃잠을 자는 것이다.

양지말 / 양지쪽 틈새마다
다닥다닥
노오란 웃음소리가 난다

햇살이 눈 부셔
한쪽 눈을 찡긋거리며
헤실헤실 웃다가
노랑나비 노랑 꽃잎
춤사위로 입 맞추고

양지말 / 양지꽃이
노랑나비와 혼인을 하고
초야를 치르리라
이 봄이 가기 전에
– 시 「양지꽃」 전문

셋째로 시인이 추구하는 시 세계는 나눔과 어울림의 행복을 꿈꾼다. 시인은 자신에게 주어진 봄 같은 삶 속에서 어울림과 나눔을 실천한다. 시를 쓰는 것도 그의 나눔이고 감사가 되는 것이다. 그래서 그의 행복은 어려운 고통과 아픔을 극복한 사랑이리라.

프리지아 봄 빛깔이 참 좋습니다
하루 종일 눈맞춤하여도
지루하지 않을 것 같습니다

웃는 얼굴이 역시 아름답습니다
향기로움까지 더하니
정녕 겨울을 밀치고 봄이 올 만합니다

마카롱과 함께 모카커피 한 잔
창가에 놓아두면
더없이 행복하겠습니다
— 시 「프리지아」

슈바이처 박사는 "인생의 성공 비밀은 감사다."라고 말한 바 있다. 어쩌면 계숙희 시인도 감사가 행복의 비밀임을 알고 있는 듯하다. 시인은 행운을 찾기 위해 행복을 짓밟는 욕심의 삶을 경멸한다. 그는 행복의 비결로 자족과 감사함에서 찾고 있다.

세잎클로버는 행복이래

우리 곁에 허다히 많은 세잎
네 잎을 찾겠다고 세 잎을 짓밟고
흔하다고 곁에 두고도 무심함
귀한 것만 찾아 해매는 욕심
무엇이 소중한지를 먼저 생각해봐

인생에 행운만 중요한가요
행복은 인식의 변환에서
자족함과 감사로부터 시작이예요
— 시 「네잎클로버」중에서

감사는 여러 가지 형태가 있다. 내가 받은 축복을 세어보는 것도 감사라고 할 수 있다. 어떤 사람에게 고마움을 느끼는 것도 감사며, 역경 속에서도 긍정적인 면을 발견하는 것도 역시 감사한 일이다. 그 때문에 감사는 행복의 비밀이 아니겠는가?

늘 새벽은 새롭다
새벽을 깨워 기도하고
오늘 하루도 어제처럼
세월을 아껴 사랑하고
감사로 끝나기를 기도한다

이 모든 것이 살아있으므로 느껴지는 것
이제 곧 오랜 잠자러 갈 텐데
나의 비문엔 무엇이라 남길까
 - 시 「새벽」 중에서

 감사의 기본은 어떤 일을 당연한 것으로 받아들이지 않는다. 내가 원하는 것을 갖기 위해 노력하는 것이 아니라 내게 이미 주어져 있는 것, 내가 이룬 것들을 매우 소중히 여기고 감사하는 것이다.
 계숙희 시인이 머리말에서 자신이 시를 쓰는 이유를 다음과 같이 언급한 바가 있다.

 내가 글을 쓰는 이유. 나의 재능으로 또 다른 누군가에게 도움이 된다면 기꺼이 나의 내면의 모든 것을 다 드러내도 상관없다. 나의 나약함도 들어 쓰시는 하나님께 감사함으로 글을 쓴다.
 - 계숙희 시집 머리말 「나약함을 통하여」 중에서

 지금껏 계숙희 시인의 시 세계를 살펴보았다. 첫 번째는 긍정과 감사의 시심, 둘째는 사랑이라는 감각의 신비로움으로 빚는 시심. 셋째는 나눔과 어울림의 시심이다.
 계숙희 시인은 직면한 죽음의 두려움 속에서 감사의 마음을 시 속에 담고 있다. 따라서 이번 시집 『이름 없는 들꽃은 없다』는 하나님이 주신 축복을 그대로 감사의 마음으로 써 내려간 것이 아닐까?

　시인은 아직도 본인이 누리고 있는 축복을 하나하나 열정적으로 글로 적어가는 중이다.

　앞으로 그가 꿈꾸는 자연과 축복, 그리고 하나님의 축복을 누리길 기원한다. 그의 건강과 건승을 기원한다.

■ 글벗시선 111 계숙희 첫 번째 시집

이름 없는 풀꽃은 없다

초판인쇄 2020년 9월 20일
초판발행 2020년 9월 20일
지 은 이 황 규 헌
펴 낸 이 한 주 희
펴 낸 곳 도서출판 글벗
출판등록 2007. 10. 29(제406-2007-100호)
주　　소 경기도 파주시 와석순환로 16,(야당동)
　　　　　롯데캐슬파크타운 905동 1104호
홈페이지 http://guelbut.co.kr
E-mail juhee6305@hanmail.net
전화번호 031-957-1461
팩　　스 031-957-7319
가　　격 12,000원
I S B N 978-89-6533-151-3 04810

* 잘못된 책은 바꿔 드립니다.